KB116432

다시, 가을

책 만 드 는 집 시 인 선 2 3 2

다시, 가을

이
미
숙
　시
　집

책만드는집

말로는 다 해본 적 없는 사유의 대상들이
전신을 드리우며 나에게 다가올 때
나는 그들의 물음에 빈손을 내보이곤 했다.

돌아보니, 마음에 녹아들어 숨결로 풀려나듯
아득한 심상 너머로 파동 치는 대답들이
물길 트이듯 귓전을 적시며 다가왔다.

이런 나의 시편詩篇들을 모아 출간하는 일은
비탈진 산길을 오르듯 긴장되는 일이지만,
희망이 거기에 있고 시인의 소명이 여기 있기에
다시, 가을 앞에 섰다.

2023년 10월
수푸루지 마을에서
이미숙

1부   역광에 실리어 가듯
아련한 날갯짓

2부 어제를 딛고서야
오늘에 닿는 사연

3부 손끝만 내리 닿아도
별들이 살아났다

4부 투명한 기척으로
내 화폭에 담겼다

5부 생각은 물길 트이듯 넘어왔다 떠나가고

1부

역광에 실리어 가듯
아련한 날갯짓

억새의 노래

날아갈 곳 없어도
새가 되고 싶었다

하얗게 부푼 가슴
삭풍에 흔들릴 때

비로소 꽃이 되는 새…
이대로가 좋았다

저어새의 춤사위

NLL 부표 위 궁수처럼 펼친 날개

아리랑 한 소절을 먼발치에 남겨두고

긴 자락 꽃구름 속에 발자욱을 새기는가

간극을 느끼다
– 요세미티에서

수만의 기억들을 허공에 매단 채
아무렇지 않은 듯 우뚝한 세쿼이아
나이테 감아올리며 제 족보 세고 있다

빙하가 빚어 내린 아득한 절벽 사이
처녀의 눈물 같은 물보라 나부끼고
저 산은 여기 서 있네 나도 그냥 서 있네

오이도에 물든 가을

한낮을 채색하여
지는 해로 거두면
썰물 같은 시간들이
겹겹이 부서지고
하현달 절로 붉어져
눈썹 끝에 매달렸다

화폭에 들어서는
바닷새의 춤사위
휘감긴 석양빛에
화르르 멀어지고
먼발치 일렁거리는
가을빛 완연하다

2월 이미지

얼마를 기다리랴
햇살 끝 외진 자리

아련한 연서들이
뭇별 되어 흐를 때
바람에 들락거리는
소식 하나 띄울밖에

민들레 뒷모습

바람은 헛말처럼
제풀에 잦아져도

떠나간 자리마다
움트는 길이 있어

하나둘 홀씨가 되어
제 이름을 새긴다

자작나무의 겨울

노래가 되지 못해 목울음만 남긴 채

시리도록 푸른 하늘 함초롬히 머금고

청량한 겨울 숲속에 성벽처럼 서 있다

아지랑이

온 땅에 생살 돋는 봄날의 수화다

제 가진 전신으로 평원을 울리고
내 마음 한복판으로 어지러이 다가왔다

자벌레

자박자박 녹음 속
외길을 걷는다

한낮의 초침은
지문처럼 스미는데
닿을 듯 닿지 않는 길
푸르도록 족하다

노루, 마을에 오다

한 번쯤 마을에 내려오고 싶었을까

흙먼지 자욱한 신작로 돌아 돌아
저무는 오후의 끝에 풍경처럼 밀려왔다

뭔가에 홀린 듯 제 그림자 놓치고
커다란 두 눈에 수심이 가득한데

갈바람 슬쩍 다가와 모른 척 서성였다

애벌레에 대한 소고

죽음보다 깊은 어둠 거기에 있었지
시작 같은 끝을 향해 속울음 삼키며
찬란한 날개를 바라 제 몸에 갇히다

저 가지 끝자락에 검은 밤이 묻히면
신기루 피어나듯 만져지는 날개여
겹겹이 채색되어진 꿈 밖을 보는 중

벌새가 그린 오후

말갛게 비 그치자 벌새 하나 날아와
햇살에 튕겨나는 날개를 파닥였다

저무는 오후를 밝힌 그림 같은 모습은

호두만 한 집 한 채 예서 그만 족하였다
마당가 꽃잎들 비말처럼 흩어질 때

역광에 실리어 가듯 아련한 날갯짓

겨울 강

긴 울음 삼키듯 그렇게 흐르더라

해거름 모로 누운 겨울의 끝자락에
무슨 일 있었냐는 듯 그렇게 흐르더라

동행
− 모들 & 해긴*

유월을 번져가는
들꽃 저리 환하고
먹먹한 가슴 위로
내리 닿는 남행길

귓전에 스치는 바람
여름 향기 그윽다

해조음 나직할 때
뭇별들 자라나고
일출에 눈을 뜨는
소담한 섬들 사이

징검돌 건너듯 가는
여름날의 이야기

* 우리말 이름의 소모임.

바우어새* 이야기

그렇게 사는 거 숙명이라 했던가

도지는 가슴앓이 청춘의 덫이라며
제 혼을 감아올리듯 정원을 짓는 새

실타래 엮어가듯 한 올 한 올 쌓는 탑

해로할 인연 앞에 무시로 가슴 타며
바디질 멈출 수 없는 그 이름을 불렀다

* 구애를 위해 화려하게 집을 짓거나 장식하는 독특한 행동으로 유명한 새.

별들의 고향
−융프라우를 바라보며

그 산은 말없이
깨어나라 일어나라

하늘을 찢고 나와
푸른빛을 올릴 때
별들은 예서 자라나
산허리를 둘렀다

그래도 봄봄
– 위드 코로나

낮고 낮은 이 땅이 무겁게 신음해도
하늘은 더 높고 푸르게 차오르고

맨발로 달려오는 봄봄…
찬연한 노래여

구월의 헌사
－가을 축제

구월의 설렘 속을
그날처럼 걸었다

청운의 꿈이 모여
한길을 잇대는
모교의 캠퍼스에는
사방 온통 눈부시다

연대의 한끝에서
씨앗처럼 움츠렸지

지나간 계절 위로
그리움 짙어올 때
녹음 속 심혼의 뜰에
가을이 내려온다

2부

어제를 딛고서야
오늘에 닿는 사연

붉은 나비의 꿈
– 알람브라궁전의 추억

철옹 같은 붉은 성 궁전은 북적였다

해묵은 신화들이 푸릇푸릇 자라나
애절한 기타 연주에 낮달마저 휘었다

회랑을 타고 오른 꿈들이 날아갈 때

어제를 딛고서야 오늘에 닿는 사연
정오의 햇빛 속에서 붉디붉게 차올랐다

동백꽃 1

애잔한 꽃말들이
뜨락을 스쳐 가면

끝내는 찬 바람에
불꽃처럼 피는 꽃

겨울밤
작자미상에
쓰여진 시처럼

동백꽃 2

붉어진 노을마저
허허롭게 떠난 자리

사붓한 바람 끝
애살스러운 그 자리에

누구의 가슴을 뜯어
겨울을 물들였나

파도에게

아직은 은유라고 말하지 않겠다

가슴속 너울지며 남아 있는 이 한마디

오늘을 살아내는 건 부서지는 일이기에

한 템포 쉬어 갈 때
－리스본에서

골목에 내린 밤은 바다처럼 검푸른데
바람에 몸 낮춘 들꽃 가득 피워내며
마침내 대항해시대 포문을 열었다지

광활한 대양을 몸째로 부딪치며
춤추는 파도 위를 기마처럼 달릴 때
저 바다 끌어당기듯 구슬픈 파두*여

* 바다에 얽힌 한을 노래와 시로 결합한 포르투갈 음악 장르.

해국

가을빛 따라 돌면 해풍으로 피는 꽃

바위틈 외진 자리
고운 잎 포개놓고
홀로이 눈을 뜨는 섬
이곳이라 족합니다

공공연한 비밀

− 뻐꾸기가 사는 법

어미는 음흉한 미소 숲속 깊이 감추고
꿈 청청 하늘 보며 울기만 잘한다
뻐뻐꾹 산을 울리고, 저 들을 울리고

산솔새 날갯짓에 살 오른 내 새끼야
이스트 반죽 넣듯 포동포동 자라거라
입바람 빵빵하게 넣은 풍선처럼 커지거라

풋풋한 오월 숲에 서늘한 입술 벌려
내가 네 어미란다 이 울음을 기억하렴
민낯에 긴 목을 빼고 써 내려간 육아 일기

하지夏至

그날의 그 새벽은 밤 끝에서 돌아와

원추리 붉은 꽃대 환히 들어 올리고

아득한 하늘 우러러 해에게로 달려간다

꿩의바람꽃*

얼음 속 깊은 곳에 만개한 몸짓 하나
밑뿌리 사위도록 꽃 몸살 앓고서야

덧없는 사랑이라니
목덜미 울컥했다

* 이른 봄에 피는 야생화. '덧없는 사랑'이라는 꽃말을 지님.

나무 위의 나무
– 겨우살이*

나무 위 나무라니
호사도 눈부셔라
참나무 심장 뚫고
잎자루 뽑아 올려

혹한에 푸른 살 돋을 때
이것도 섭리란다

삭풍에 떨고 있는
허허로운 겨울 산에
빌붙어 사는 목숨
꽃 피우고 열매 맺고

기막힌 흙 가슴 안고
파동 치며 사는 거다

* 다른 식물에 기생해서 자라며 스스로 광합성을 하는 반기생식물.

폭포

떠나서 못 오는 길
물길만 아니라며
외줄 타는 설움인 양
넋두리 풀어놓고

아무런 표정도 없이
무심히 지나갔다

푸르른 날에
−손녀들을 위한 기도

풋풋한 꽃대 솟듯
싱그럽게 자라나
소담한 화폭 위에
오롯이 채워지고
내딛는 그 자리마다
봄날이게 하소서

해처럼 따스하고
달처럼 풍성하게
초롱한 눈빛마다
꿈을 가득 채우고
예비된 시대의 주인으로
살아가게 하소서

횟집에서
-바닷물고기의 독백

오롯이 기운 바다
수족관에 들어찼다

심해에 가라앉는
갈대의 울음처럼

사무친 무엇으로도
닿을 수 없는 그곳

뭇별의 거리만큼
물길 더욱 멀어지고

아득한 해조음
기억조차 희미한데

빌딩 숲 휑한 바람이
물살 헤듯 지나갔다

서리꽃

고사목에 희디흰 꽃 밤새 떨며 피었다

다 타버린 육신에 혼불을 밝히려나

아직도 끝나지 않은
2월의 눈먼 사랑

벚꽃 질 때

한 무리 꽃잎들이
하르르 떨어질 때

애끓는 그리움이
목덜미에 차올라
두 다리 휘청거리며
봄 한철 앓을밖에

봉평, 메밀꽃 피다

메밀밭은 아직도 진행형 소설이다

하이얀 꽃술 위로 가을이 잦아들어
별 총총 그윽한 달빛 소금처럼 출렁대는

하현달

저리도 벅찬 하늘
별빛도 눈부신데

한 울음 품은 듯
등 돌리고 뜨는 달

화선지 먹물 스미듯
서녘을 지나갔다

별빛 연서

― 평화의 소녀상 앞에서

지나간 세월들은
버려야 살 것 같아
맨발로 돌아온
반점 같은 생이던가
먼 하늘 생채기 속에서
별들만 붉고 붉다

어디를 둘러봐도
봄빛 더욱 완연한데
행간에 지운 시간
뚝뚝 지는 눈물이라
끝끝내 피지 못한 꽃
계절을 비켜 간다

3부

손끝만 내리 닿아도
별들이 살아났다

뜨거웠다
-라스베이거스의 여름

모래로 쌓아간 그 사연을 들었네

은하의 도성 같은 사막의 기적 위로
강처럼 흘러서 넘친 진한 지폐 냄새여

빌딩 숲 목이 타는 뜨거운 바람결

환상을 사고파는 화려한 네온 속에
스스로 무성해 버린 자본을 읽었네

물 위의 도시
- 베네치아

그 마을 사람들은 꿈들을 박제했고

바다를 품어 안은 화폭의 도시에는

손끝만 내리 닿아도 별들이 살아났다

한 줄기 문장 속 이야기가 자라나면

번다한 가슴에 수평선이 출렁대고

아 나는 짧은 여행길 추임새로 서 있다

남도 가는 길

소릿재 긴 가락 들머리에 엉기는데
꽃물 든 곡조들 피멍처럼 돌고 돌아

먹먹한 능선 사이로 아른아른 피어나네

꽃잎은 햇살 따라 지천에 흩날리고
황톳길 넘어오는 풀 냄새 흥건한데

맨살에 감기는 노을 바람처럼 오라 하네

남해 선착장에서

떠나는 사람들과
돌아온 사람들이

먹물처럼 푸르른
바다를 품고 오면

이정표
닿지 않은 섬
하나둘 떠오른다

어느 실향민

암말 없이 기다려야 그날이 온다며

못다 부른 망향가 가슴 깊이 묻어둔 채

봄날의 물안개처럼 그렇게 서성였죠

흔적
－그랜드캐니언에서

아득한 시간 앞에
오늘쯤은 없었다

산이고자 했던가
물이고자 했던가

태고의 잇자국 새로
동심원을 그린다

비워둔 신의 땅
거 누구 없는지요?

하늘에 얼비치는
무명의 이름 사이

못다 푼 긴긴 설화가
협곡을 스쳐 갔다

어떤 남자

－영화 〈벤자민 버튼의 시간은 거꾸로 간다〉의 주인공

돌아보지 않은 길 그마저도 좋은데
이쯤서 놓으려니 사랑이요 그리움
먼 기억 비망록 속을 아프게 파고든다

계절 아닌 계절에 계절을 맞이하고
오늘을 지우고야 어제를 살아가는
저 멀리 아릿한 기척으로 별 하나 지고 있다

시월의 숲길에서

떨어진 씨앗을
찬찬히 만져본다

알알이 들어앉은
뜨거웠던 시간들

썩어질 밀알 되리라
벅찬 꿈 벙글었다

담쟁이

메마른 시멘트벽 덩굴손 받쳐 들고
간밤 일 모르는 듯 촉수를 뻗어가며

갈 길은 아득한데도
소리 없이 길을 간다

검푸른 힘줄 사이 등고선 그어놓고
산악처럼 거대한 또 하나 벽을 넘어

새로운 절정의 자리
어디쯤을 가는 거다

가을비

오늘은 돌아와
파닥이는 발소리

여름은 지워지고
들국화는 피어나고

서늘히
젖은 맘속에
가을 물 들고 있다

태풍

바다가 게워내는
크나큰 울음으로
쇄골을 드러내며
험한 재를 넘었다지
그 하루 외줄을 타듯
그냥 가질 못하는가

몇 겹을 가라앉고
남은 것 아직 있어
갈대꽃 목이 휠 때
흰 비늘 털어내듯
앙가슴 풀어헤치며
떨며 떨며 우는가

상고대

생명 있는 것에만
어찌 향기 있으랴
말갛게 밤을 지나
피어난 얼음꽃
생사의 경계를 보듯
부시게도 시리다

살면서 풀어갈 일
별안간 다가오듯
서리서리 내려앉은
순간의 절정이여
만개한 겨울 속으로
생각 하나 떨군다

주름, 지다

지금도 흘러 흘러
향하는 곳 어딘지

여여한 물줄기
제 갈 길 향해 가듯

가뭇한 생의 틈새로
스며드는 중인가요

봄, 바라보기

커다란 창살에 방점 하나 찍어보기

나목의 숨소리로 음표 하나 새겨보기

외딴 별 둥글어질 때 들꽃으로 피어나기

새벽 별

풀숲의 벌레 소리
봇물처럼 흐르고
어느새 드문드문
깨어나는 새벽 별

젖은 밤 그 틈 사이로
소식 하나 띄웁니다

여우비

하릴없이 햇빛 속
희뿌옇게 뚫고 와

이름만 남겨둔 채
가뭇없는 뒷모습

그 기척 닿기도 전에
마음자리 걷어 갔다

땅끝 바다

바다를 연모하며 남으로 내달린다
별빛이 길을 트면 다다를 수 있는 곳

파도는 하얀 비망록
밑줄 긋듯 서성였다

해갈의 영토처럼 땅끝에 닿는 여운
기원의 노래들이 물파래질 쳐오고

저 너른 대양을 향해
길이 되어 흘렀다

4부

투명한 기척으로
내 화폭에 담겼다

무지개

총총총 구름들이
줄 서기 하고 나면
닫혔던 하늘 문이
일곱 번씩 열리고

두둥실 하늘 높이 올라
날개를 펼쳤다

만추晩秋

노을이 설핏 걸린
늦가을 들녘에는

수숫대 우우대듯
이미 빈 가슴인데

내 미처
다하지 못한
기도가 들려왔다

눈 오는 밤

하이얀 헌사가
쏟아지는 밤이다

세모를 달려가는
그 겨울 한복판에

하늘과 땅을 잇는다
서로를 투영하듯

난향처럼
― 시조 이야기

천년을 가라앉고 남은 것 또 있어서
화두처럼 빚어냈네 절제된 시절가조
가슴속 온기로 피는 난꽃 위에 내렸네

열대야

매미도 울다 지쳐
열풍 속에 타는 밤

냉기로 쓸어내도
공복 같은 여운은

누군가 잠을 빠져나오네
미완의 프리즘

저녁노을

그 무슨 기다림에 타는가 싶더니

저무는 서녘 길 불그름히 열어놓고

섶게도 그리운 얼굴
해거름에 새겼다

구절초 서설

아홉 번 꺾여도 기어이 피운 꽃술

풀물 든 가슴으로 단 한 개 맺은 씨앗

꽃으로 살아생전을 구절이라 하는 이유

갯벌

저만한 순명을
본 적이 있었던가

온몸으로 질문하고
온몸으로 대답하며

영광도 굴욕도 없이
생명을 키워내는…

그 섬에 가다
－울릉도에서

섬이여 너는 홀로 해갈하듯 눈을 떴다

우리네 가슴마다 파도 소리 들여놓고
동해의 정맥 속에서 물기둥 일으켰다

바람의 숨결마다 해국을 피워내고
몇 굽이 마음 벗듯 저음으로 내려앉아
갈대꽃 하얀 수화를 환청으로 듣고 있다

그날 밤 은빛 어화 내일쯤은 잊은 채
전신으로 바다를 건져내고 있었다

가을이 깊어가는 밤 푸른 물이 들더라

한강 스케치

흐르고 흘러서 가슴에 와 닿는 강
물새들 날갯짓 지등처럼 펼쳐지고

결 고운 물길 일어나
먼 바다를 품었다

묵묵히 전신으로 한 하늘 받쳐 들고
세상사 깊은 시름을 세월 속에 묻은 강

오늘도 투명한 기척으로
내 화폭에 담겼다

늦가을 서정

바람 끝 서늘함이 들머리에 흐르고

철 지난 백사장에 어둠이 내려오면

외로움 어디쯤으로
썰물 가듯 가고 있다

들꽃

뭉치고 흩어지다
서로 흔적 채워주다
웅크려 자리 잡다
지문처럼 새겨지네

소담한 이름 하나를
얻고 싶을 뿐이라며

얼음새꽃

잔설에 돋아나는 여린 잎의 흔들림

눈 녹인 그 자리에 햇살처럼 피어나

스스로 묶은 매듭을 하나둘 푸는 사연

뒷모습

－요양원 소묘

또 다른 요람으로
에돌아 온 사람들

전조등 불빛 같은
서사가 흐르고
흰 달빛 닮고 싶어서
잠시 등을 기댔단다

손때 묻은 문설주로
돌아갈 수 없어도

뼛속에 묻은 시간
애잔한 그리움에
그까짓 나이쯤이야
버려두고 가는 길

그 겨울, 해송

모진 바람 이긴다는 편견을 버렸다

밑뿌리 야위어간
혹한의 추위 속에
하 많은 바다의 울음
가슴에 묻는 사연

어제처럼
− 새해의 창을 열며

제야의 종소리가 아슴히 넘어가면
리허설 없는 무대 한 발 두 발 내디디며

아직은 가보지 않은
그 길을 또 걷는다

눈길 닿는 곳마다 마음 등불 걸어두고
한 걸음 다가오는 느낌표를 찍으며

흐르는 시간 속에서
물 흐르듯 살고 싶다

겨울 서곡
―미명의 바다에서

그날도
파도는 등 뒤에서 철썩이고
메마른 갈대마저
바람에 새가 될 때
서늘히 이마 드러낸 섬
저만큼 깊어졌다

보았는가
은하의 꿈길을 넘나들며
아픔을 누설하는
바다의 맨살 위로
하얗게 눈발로 서는
겨울의 서곡을

매미, 허물벗기

전생을 벗어내며
그렇게 살 일이다

비상인지 추락인지
가없는 외길에서

가볍게 사운거리는
몸뚱이 하나 놓고 갈 뿐

5부

생각은 물길 트이듯
넘어왔다 떠나가고

다시, 가을

시리도록 텅 빈 하늘
눈 안에 가득 차면

가슴에 닿는 바람
행 밖에 밀려가고
생각은 물길 트이듯
넘어왔다 떠나가고

산을 넘은 저 달빛
나직이 얼비추다
용담꽃* 푸른 심장
화관인 양 받쳐 들면

먼 기억 어둑한 둘레
한 줄 시로 일어서고

* '당신이 힘이 들 때 당신을 사랑합니다'라는 꽃말을 지님.

관악산에서

하늘이 더 파란 날
산길을 걷습니다

한여름 기세쯤은 산마루에 걸쳐놓고
느낌표 찍어가듯이 내딛는 발자국

사는 건 가슴에
산 하나씩 껴안는 것

새빨간 생채기가 성좌처럼 부푼 날
능선에 노을이 타듯 이 산을 넘습니다

널배

어머니 널배는 갯벌 위를 내달렸다

파고든 냉기 위로 주린 배 움켜잡고

살 에는 칼바람에도 들메끈 매어 잡고

욱신거린 무릎 위 담아 올린 꼬막들

철새도 갯물 밴 여자만 끝자락에

명치끝 아린 속내로 사는 법을 물었다

등대 소묘

어둠 저쪽 길 위의 길
정한의 몸짓으로

암초의 기억들을
손금마다 새겨두고

바다를 다 준다 하네
저 환한 미소 좀 봐

대나무

한 뼘씩 차오를 때 직필의 생이란다

이파리 스친 바람
목울대 잠겨 들면
텅텅 빈 배 속으로도
한 세월 깁는다

초겨울, 담쟁이

절벽을 타고 오른
처절한 저 몸부림

몇 번씩 허물어진
수많은 꿈을 안고
겨울의 추위 속에서
그 모습 견고하다

담장을 넘어온 시

뚝 떨군 마로니에 달빛에 내려앉고
신작로 바람 소리 숨 가쁘게 다가오면

저무는 계절을 보네
먹물처럼 깊은 밤

고사목 늙은 가지 저녁놀 서성이면
희미한 기척으로 불빛 하나 새어 드네

오호라 누구 가슴에
단풍 물이 드는갑다

벚꽃, 그 짧은 유혹

와르르 피어나던 애련한 꽃잎들
피는가 싶더니 소리 없이 지고 있다

홀연히 이름 모를 별들 아프게 떨어지듯

잠깐 숨 돌리는 사이 사라져 버리는
부시게 찬란했던 순간의 덧없음…

울 너머 봄빛 사이로 하현달 홀로 곱다

할미꽃, 그 자리

낮은 땅 고개 숙인
따스한 얼굴이다

양지쪽 메마른 땅
차마 눈감지 못해

볼수록 명치끝 아려오는
빛바랜 모정이다

샐비어

꽃부리로 고백하며 써 내린 연서였다

붉디붉은 태양 앞에
처연히 피어나
반쯤은 무너진 가슴
가을빛에 흔들리는

빙하의 눈물

이곳엔 섭리마저 차라리 숨이 겨워
가혹한 세기의 꿈 산산이 부서졌다

멀찍이 겨울을 비켜가며 일어서는 파도여

각혈 같은 유빙들 등 돌린 채 떠간다
뼈를 깎아낸다는 차마 말을 아낄 때

어디서 뜨거운 바람 내 곁을 스쳐 간다

봄과 여름 사이

뜨거운 입자들이 편편이 흩어질 때

외등처럼 쓸쓸히 저 혼자 흔들리는

민들레 지천인 이유 이제야 알 것 같다

겨울, 가로수

너는 또 온기를 뿌리에 내려놓고
혹한의 바람 앞에 민낯으로 기대어
시멘트 척박한 땅에 심호흡하고 있다

맨살을 파고드는 바람의 허세에도
허리뼈 곧추들어 한 박자 숨 고르며
봄 오는 길목을 바라 몸째로 부딪는다

소에 대한 기억

분분한 봄날 오후 이쯤서야 알았소

흙먼지 일으키던 우직한 걸음으로
풀물 진 풍경 속에서 두 눈 깊던 누렁소

청보리 일렁이던 그날에야 알았소

밭뙈기 그 몇 평을 분복처럼 일궈주며
아버지 고단한 등에 내린 그리메와 같았소

그해 겨울

마스크에 가려진 사계절이 지났다
다시금 악몽 꾸는 코비드 사이로
그래도 해는 떠올라 하루가 부산하다

변이의 소식들이 뉴스를 장식하고
검게 탄 가슴마다 흰 눈이 쌓여가도
그 너머 어둠 헤치며 먼 길을 가고 있다

소금꽃

삶이란 서로 엉겨
땀방울로 피는 거래

맨몸으로 기댄 날
울렁증을 토해낼 때
저 바다 눈알 보듯이
소금꽃이 피었다

입동 무렵

눈물인 듯 노래인 듯
깃을 터는 잎새들
바람은 제멋대로
불다 가면 그만인데
겨울로 들어선 자리
점점이 외로웠다

눈 맑던 짐승마저
어디론가 숨어들고
엄동설 능선 위로
초저녁 별 눈뜰 때
어둠의 경계 너머로
우뚝한 산을 본다

목마름

수가성 우물가 거기가 꿈이었네

한낮의 뜨거움을 암흑처럼 건널 때
맨발로 홀로 선 땅에 새날은 오고 있네

이런 물을 내게도 넘치게 주소서

물동이 버려두고 마중물 받쳐 들 때
마음속 깊은 곳에서 솟아나는 생명수

창조적 자연 서정과 인고의 자아 표상

김봉군 가톨릭대학교 명예교수·문학평론가

1. 여는 말

사람의 현존은 시간 안에 있다. 시간은 생명을 삭힌다. 삭히기의 종착점은 현존의 끝자락 비현존이나 그 과정은 익음이다. 익음으로 충만한 것이 철학이라면 좋은 예술은 철학의 정수리에서 피어나는 감동의 꽃떨기다. 풍부한 감성 양식이 예술이라 하여도, 내장된 사유思惟의 속내가 웅숭깊어야 시간의 풍상에 오래 견딘다. 그것은 본질상 침묵의 미학으로 가늠되며, 언어 예술에서는 작가의 연륜과 깊이 연관된다.

이미숙 시인은 1995년 가을에 《시조생활》로 등단하였으니, 평설자가 그의 시조를 탐독해 온 지도 스물여덟 해를 헤아린다. 등단작 「지난 시간들을 일으키며」부터 범상치 않다. 그는

"내일을 밀고 있는 시계추만 분주한" 날 "묵시默示의 잠을 깨울 새 언어"를 찾으려 했다. 또한 "성난 물줄기도 채울 수 없는 갈증"으로 "좁은 문 두드릴 때 두 귀도 열리며" "골고다 쇠못 자욱에 새벽이 터집니다"라고 했다. 삶과 시적 에스프리를 향한 치열한 탐구욕과 절대 진리를 찾아 나선 신앙적 자아상이 '새벽'을 깨웠다.

시조 쓰기는 행간에 침묵을 심는 행위라는 시적 아포리즘은 이미숙 시인의 명작들에서 빛을 발한다. 새 시조집 『다시, 가을』에서 독자들은 어떤, 얼마만큼 성숙한 감동의 계기를 만날 수 있을까?

필자는 설레는 기대감으로 평필을 든다.

2. 이미숙 시조의 특성

이미숙 시조는 자연을 소재로 한 것이 압도적 다수를 차지한다. 자연 서정은 미학적 특질이라는 뜻이다. 생명과 인생, 자아상과 존재관이 버금가고, 사회, 역사, 가족과 고향, 예술, 초월과 신앙 문제들이 뒤를 잇는다.

(1) 자연

등단작 네 편의 소재는 존재관, 자연과 사람, 삶의 준열성, 환

경오염 등으로 다양하다. 다만, 순수한 자연 표상보다 사람과 자연 간의 유연성有緣性에 친근한 것이 이미숙 시조의 특성이다. 이는 '자연 아래의 사람'을 섬기는 우리 전통 시가의 자연 편향성을 극복하려는 이미숙 시학의 조화미調和美다.

NLL 부표 위 궁수처럼 펼친 날개

아리랑 한 소절을 먼발치에 남겨두고

긴 자락 꽃구름 속에 발자욱을 새기는가
  ─「저어새의 춤사위」전문

서해 군사분계선 위에서 날갯짓하는 저어새의 모습을 그렸다. 궁수의 회화적 비유와 아리랑의 청각적 표상이 광활한 공간 윗자락 꽃구름의 색채 속 발자국 표상으로 어렸다. 짧은 단수 시조를 보여주기showing 시학으로 영글었다.

저어새는 먹이를 찾아 긴 부리를 물속에서 저어대는 습성에서 명명되었다. '발자욱'은 '발자국'의 시적 비표준어다. 우리말에서 ㄱ과 ㅇ은 자주 넘나든다.

빙하가 빚어 내린 아득한 절벽 사이

처녀의 눈물 같은 물보라 나부끼고
저 산은 여기 서 있네 나도 그냥 서 있네
―「간극을 느끼다 ― 요세미티에서」부분

미국 캘리포니아주 요세미티공원 골짜기에서 본 거대한 절
벽의 정경이다. 1인칭 관찰자 '나'는 몰입된 자아가 아닌 관조
적 자아로 서 있다. 자연 속의 사람이 아닌 관조자로서의 사람
이다. '간극'은 웅대한 자연과 자아의 존재론적 대비를 뜻한다.

한낮을 채색하여
지는 해로 거두면
썰물 같은 시간들이
겹겹이 부서지고
하현달 절로 붉어져
눈썹 끝에 매달렸다

화폭에 들어서는
바닷새의 춤사위
휘감긴 석양빛에
화르르 멀어지고
먼발치 일렁거리는

가을빛 완연하다
 -「오이도에 물든 가을」전문

　가을날 시흥 오이도에서 바라본 서해의 낙조落照 표상, 담백
한 수채화다. 지는 해, 하현달, 눈썹, 석양빛은 정적靜的 표상이
고, 썰물 같은 시간과 부서짐은 격하게 동적이다. 석양빛은 휘
감기었기에 강렬성을 품었고, 바닷새의 춤사위는 '화르르'를
만나 가붓하고, 가을빛은 일렁거림으로 살아난다. 말로 '그림'
그리는 회화적 표상화의 탁월한 전범典範이다. 이미숙 시인의
탁월한 창작 역량이 실히 드러난 작품이다.

　얼마를 기다리랴
　햇살 끝 외진 자리

　아련한 연서들이
　뭇별 되어 흐를 때
　바람에 들락거리는
　소식 하나 띄울밖에
　 -「2월 이미지」전문

　2월 하늘 그 파란 한공寒空, 기다림에 길어진 목은 은핫물에

115

닿을밖에, 그리움 아로새겨진 연서는 한공에 반짝이는 뭇별들의 흐름, 들락거리는 바람만이 소식을 알릴 전령傳令이다. 2월의 표상은 이같이 고적하다.

바람은 헛말처럼
제풀에 잦아져도

떠나간 자리마다
움트는 길이 있어

하나둘 홀씨가 되어
제 이름을 새긴다
―「민들레 뒷모습」 전문

민들레씨를 흩날려 넓은 영토에 뿌려주는 바람의 생산적 작용에 착목한 작품이다. 이해인 수녀 시집 『민들레의 영토』를 소환하는 국면이다. 그때 민들레는 '말씀의 씨앗'을 품어 진리 말씀의 영토를 확장하는 상징 표상이었다. 보이지 않는 바람의 작용은 이같이 소중하다.

바람의 원형 상징archetypal symbol은 우주의 숨결과 기운, 생산력, 우주적 생명력, 자연의 에너지, 하늘의 소리, 신의 계시,

계절의 섭리, 영감, 허무, 신의 입김 등이며, 돌풍과 광풍은 폭력과 도취, 흥분, 예술적 영감의 표상이 된다.

홀씨가 문제다. 홀씨는 본디 무성생식으로 감수분열하는 생식세포다. 민들레 씨앗은 그렇기에 본디 홀씨가 아니다. 그렇다면 이 경우는 시어의 오용誤用인가. 그리 보는 것은 무리다. 민들레 씨앗 하나가 홀로 바람에 날아가는 상황으로 보는 것이 옳다. 말의 뜻은 뜻밖의 연유와 경로로 전의轉義되어 쓰인다. 언어의 변천을 거부하는 고정관념fixed idea은 위험하다. 그것이 극단화하면 언어의 파시즘fascism으로 고착되기 십상이다.

노래가 되지 못해 목울음만 남긴 채

시리도록 푸른 하늘 함초롬히 머금고

청량한 겨울 숲속에 성벽처럼 서 있다
　–「자작나무의 겨울」 전문

추운 곳에서 꿋꿋하게 자라는 자작나무의 생태를 말하였다. 자작나무가 성벽에 비유된 것이 새롭다.

고사목에 희디흰 꽃 밤새 떨며 피었다

다 타버린 육신에 혼불을 밝히려나

아직도 끝나지 않은
2월의 눈먼 사랑
　－「서리꽃」 전문

온 땅에 생살 돋는 봄날의 수화다

제 가진 전신으로 평원을 울리고
내 마음 한복판으로 어지러이 다가왔다
　－「아지랑이」 전문

　상고대의 서리꽃 메타포가 새롭다. 2월의 눈먼 사랑이라니!
아지랑이를 봄날의 수화로 본 메타포도 그렇다. 시 쓰기의 진
척도는 적절한 은유와 상징 찾기에 따라 가늠된다 해도 과언이
아니다.

　자박자박 녹음 속
　외길을 걷는다

한낮의 초침은
지문처럼 스미는데
닿을 듯 닿지 않는 길
푸르도록 족하다
　－「자벌레」전문

　한갓 미물인 자벌레의 생태에서 의미를 찾는다. 시간의 최소
단위를 재는 초침의 급박성, 그에 아랑곳없이 가는 길, '푸르도
록' 족하다. 안분安分의 심미적 윤리를 품은 시조다.

　한 번쯤 마을에 내려오고 싶었을까

　흙먼지 자욱한 신작로 돌아 돌아
　저무는 오후의 끝에 풍경처럼 밀려왔다

　뭔가에 홀린 듯 제 그림자 놓치고
　커다란 두 눈에 수심이 가득한데

　갈바람 슬쩍 다가와 모른 척 서성였다
　　－「노루, 마을에 오다」전문

마을에 내려온 노루를 집중 조명했다. 노루와 사람은 함께 할 수 없는가? 근원적인 질문을 한 시조다. 이미숙 시인은 오래전 등단 소감에서 자연의 속성에 대한 존재론적 관점을 피력한 바 있다. 그의 자연관은 놀랍다. '소유의 몫이 아닌 나눔의 몫으로 존재하는 자연의 숨소리'를 일찍이 감지하고 있었던 것이다. "떨어지는 낙엽, 고여 있는 물 한 방울에도 온 세상이 숨 쉬는 것을 배우며 생명의 줄기에 귀 기울이는 자연의 일부로 살고 싶습니다"라고 한 다짐이 실현되는 국면이다.

이런 다짐이 절정을 가늠하는 작품이 「애벌레에 대한 소고」다.

죽음보다 깊은 어둠 거기에 있었지
시작 같은 끝을 향해 속울음 삼키며
찬란한 날개를 바라 제 몸에 갇히다

저 가지 끝자락에 검은 밤이 묻히면
신기루 피어나듯 만져지는 날개여
겹겹이 채색되어진 꿈 밖을 보는 중
　　　　　　　　　　　－「애벌레에 대한 소고」 전문

우화羽化의 순간까지 죽음보다 깊은 어둠 속 생존을 이어야 하는 인고忍苦의 시간, 그럼에도 소망을 잃지 않은 애벌레의 '꿈이 있는 분투기'다. 매미 애벌레가 인고해야 하는 시간은 무려 6년이거니. 이미숙 시인의 자연관은 순수 자연 표상에서부터 생태의 의미를 탐조하는 경지에까지 이르렀다. 특유의 직관과 안온한 어조tone, 효과적인 기법 등이 독자들에게 감동으로 직핍直逼해 들 것이다.

현대의 비극이 사람과 자연과의 분리detachment, 사람과 사람 간의 분리, 사람과 절대 진리와의 분리에 있다면 이미숙 시조는 특히 자연과의 분리적 비극을 해소하는 데 큰 몫을 감당하는 공적을 남긴다.

(2) 인생 · 생명

앞에서 말하였듯이 이미숙 시조의 소재는 자연인 것이 압도적인 다수다. 그중에서 인생이나 생명의 의미를 표상화한 작품들도 적지 않다.

사는 건 가슴에
산 하나씩 껴안는 것

새빨간 생채기가 성좌처럼 부푼 날

능선에 노을이 타듯 이 산을 넘습니다
　　－「관악산에서」부분

　인생훈人生訓이다. 생의 에피그램이다. 가슴에 산을 품는 것,
그게 삶이라는 게다.
　'새빨간 생채기'까지 견뎌야 하는 것, 그래도 능선의 짙붉은
노을이 타듯 그렇게 가슴 태우며 사는 것이 삶이어니. 어조에
성에가 끼이거나 허무, 자조自嘲, 탄식이 똬리 틀지 않은 것이
소망스러운 국면이다.

　　또 다른 요람으로
　　에돌아 온 사람들

　　전조등 불빛 같은
　　서사가 흐르고
　　흰 달빛 닮고 싶어서
　　잠시 등을 기댔단다

　　손때 묻은 문설주로
　　돌아갈 수 없어도

뼛속에 묻은 시간
애잔한 그리움에
그까짓 나이쯤이야
버려두고 가는 길
　―「뒷모습 ― 요양원 소묘」 전문

　요양원에 의탁한 생존자들의 정경이다. 그곳은 절망의 공간
이 아닌 또 다른 요람이라 뜻매김한 시적 자아의 인생관이 감
동적이다. '손때 묻은 문설주'는 본디의 거처에 대한 대유代喩
이고, 그것은 뼛속까지 새겨진, 흘러간 생의 시간이다. 그를 향
한 애잔한 그리움은 있으나, 이제는 버리고 가는 시공時空에 와
있다. 이 또한 허무감이나 비탄이 아닌 자족自足과 초탈超脫의
어조를 띠었다.

삶이란 서로 엉겨
땀방울로 피는 거래

맨몸으로 기댄 날
울렁증을 토해낼 때
저 바다 눈알 보듯이

소금꽃이 피었다
 ―「소금꽃」 전문

삶이란 '홀로'보다 '더불어'의 이치로 영위됨을 각성하며, 그
것이 피땀 어린 자아 분투의 결정結晶임을 '소금꽃'으로 표상화
했다. 심미적 윤리를 표상화하여 보여줌showing으로써, 들려주
기telling의 미학적 위기를 좋이 넘겼다.

저만한 순명을
본 적이 있었던가

온몸으로 질문하고
온몸으로 대답하며

영광도 굴욕도 없이
생명을 키워내는…
 ―「갯벌」 전문

혼신의 힘으로 섭리에 순응하며 생명을 잉태하고 키워내는
순명順命의 생태미를 찬미했다. 자연 생태에서 신앙적 순명을
읽어내는 심미적 윤리를 수확하는 국면이다.

삭풍에 떨고 있는
허허로운 겨울 산에
빌붙어 사는 목숨
꽃 피우고 열매 맺고

기막힌 흙 가슴 안고
파동 치며 사는 거다
　－「나무 위의 나무 – 겨우살이」 부분

　기생적 생존을 하는 겨우살이의 생태 미학을 뜻 매겼다. 비
굴해 보일지도 모르는 생존욕을, '파동 치며' 한마디로 떨쳐낸
다. 생태론적 자율성, 고유성을 새삼 주목하게 하는 국면이다.

　분분한 봄날 오후 이쯤서야 알았소

　흙먼지 일으키던 우직한 걸음으로
　풀물 진 풍경 속에서 두 눈 깊던 누렁소

　청보리 일렁이던 그날에야 알았소

밭뙈기 그 몇 평을 분복처럼 일궈주며
아버지 고단한 등에 내린 그리메와 같았소
　－「소에 대한 기억」 전문

소와 아버지의 생태가 교차되는 기억의 현장이다. 소와 아버지, 인고忍苦의 표상이다. '분복分福'에 주제 의식이 어린다.

어머니 널배는 갯벌 위를 내달렸다

파고든 냉기 위로 주린 배 움켜잡고

살 에는 칼바람에도 들메끈 매어 잡고

욱신거린 무릎 위 담아 올린 꼬막들

철새도 갯물 밴 여자만 끝자락에

명치끝 아린 속내로 사는 법을 물었다
　－「널배」 전문

남해안이나 서해안 갯벌에서 영위되던 조개잡이 정경이 여실하다. 생째로 들어갔다가는 무릎 깊이까지, 때로는 무릎 위까지 푹푹 빠지는 개펄에서 널빤지에 의지하여 꼬막 잡던 어머니의 분투기에 갈음되는 '여자만 끝자락'을 향하는 아린 기억을 소환한다. 여자만은 전남 여수·고흥·순천만으로 이어지는 남해안 갯벌 지역이다. 여기서는 여러 수산물 중 '꼬막'이 클로즈업되었다.

이미숙 시인의 생명 의식·생태 체험의 시조는 부모님의 어기찬, 인고의 생존 표상으로 갈무리되었다. 그의 시조 미학은 만만찮은 생존 조건에 치열한 분투욕을 내면화하는 데 있다. 그는 인고忍苦와 순명順命의 우리 전통 미학을 잇되, 이를 표상화했다.

(3) 사회·역사

이미숙 시인의 시조에서 사회·역사 문제를 소재로 한 작품은 귀하다.

지나간 세월들은

버려야 살 것 같아

맨발로 돌아온

반점 같은 생이던가

먼 하늘 생채기 속에서

별들만 붉고 붉다
　－「별빛 연서 – 평화의 소녀상 앞에서」 부분

　일본군 위안부로 유린당했던 세기의 희생자들. '끝끝내 피지 못하고' 악살스레 꺾였던 소녀들의 아프디아픈 표상, 그것은 핏빛 어린 별빛일 수밖에 없다. 독일 역사철학자 카를 뢰비트는 '역사의 의미'를 '죄와 죽음, 패배와 좌절의 기록'이라 하지 않았던가.

　암말 없이 기다려야 그날이 온다며

　못다 부른 망향가 가슴 깊이 묻어둔 채

　봄날의 물안개처럼 그렇게 서성였죠
　－「어느 실향민」 전문

　실향민의 통한과 그리움이 이미숙의 시적 자아에 와서 '물안개' 표상으로 어렸다. 치열성을 소환하려는 자아의 격정도 이미숙 시인에 와서는 어조를 눅인다.

이곳엔 섭리마저 차라리 숨이 겨워
가혹한 세기의 꿈 산산이 부서졌다

멀찍이 겨울을 비켜가며 일어서는 파도여

각혈 같은 유빙들 등 돌린 채 떠간다
뼈를 깎아낸다는 차마 말을 아낄 때

어디서 뜨거운 바람 내 곁을 스쳐 간다
　−「빙하의 눈물」 전문

　생태 시조다. '섭리마저 숨이 겨운' 지구온난화의 일대 재앙
이 극지의 만년 빙하에까지 닥친 상황이다. 어조가 치열하다.
이미숙 시조에선 이변이다.
　자연 서정에 사뭇 친근한 이미숙 시조가 앞으로 사회·역사
문제에 대한 관심을 촉발할 몇 작품들은 희소하기에 소중하다.

(4) 자아 표상
　시인의 추구욕이 필경 귀착하게 마련인 것이 자아 표상이다.

제야의 종소리가 아슴히 넘어가면
리허설 없는 무대 한 발 두 발 내디디며

아직은 가보지 않은
그 길을 또 걷는다

눈길 닿는 곳마다 마음 등불 걸어두고
한 걸음 다가오는 느낌표를 찍으며

흐르는 시간 속에서
물 흐르듯 살고 싶다
 -「어제처럼 - 새해의 창을 열며」 전문

　인생에는 리허설이 없다. 그렇기에 인생은 연습해 가며 사는 것이 아니다. 한해살이의 징표를 마침표로 본다면, 우리는 수많은 쉼표와 느낌표의 굽이굽이를 지나 마침내 마지막 마침표를 찍는다. 그 마지막이 말없음표나 물음표일 수도 있다. 느낌표로 끝날 경우에는 탄식이 아닌 감동이기를 우리는 소망한다. 이미숙 시인의 자아상은 그의 소망대로 감동의 느낌표이리라.

선하디선한 그의 사람됨 자체가 감동의 느낌표인 까닭이다. 물
흐르듯 흐르는 삶의 평온한 감동 말이다.

긴 울음 삼키듯 그렇게 흐르더라

해거름 모로 누운 겨울의 끝자락에
무슨 일 있었냐는 듯 그렇게 흐르더라
－「겨울 강」 전문

한 뼘씩 차오를 때 직필의 생이란다

이파리 스친 바람
목울대 잠겨 들면
텅텅 빈 배 속으로도
한 세월 깁는다
－「대나무」 전문

「겨울 강」은 흐름이고, 「대나무」는 굳셈이다. 드러난 표상은
뚜렷이 준별되나, 속내는 다르지 않다. '긴 울음 삼키듯'과 '목
울대 잠겨 들면'이 다 인고忍苦의 미학으로 마음을 울린다. 자

연에 투영된 시인의 자아상이다.

　　실타래 엮어가듯 한 올 한 올 쌓는 탑

　　해로할 인연 앞에 무시로 가슴 타며
　　바디질 멈출 수 없는 그 이름을 불렀다
　　　－「바우어새 이야기」 부분

　바우어새의 바디질(베틀에서 씨줄을 담은 바디로 베를 짜는 반복적 노동)은 공덕의 탑을 쌓는 행위로 은유했다. 해로할 인연을 향해 이름 부르는 곡진한 사랑의 전통적 표상이다. 우리 근대문학에서 이 같은 절절한 공덕 쌓기는 김동리의 단편 「바위」에서 절정에 이른다. 떠나간 아들이 돌아오기를 고대하며 돌멩이로 바위를 갈고 또 가는 어머니의 애끓는 마음을 그린 작품이다. 시인의 자아상에 접맥된다.

　　아직은 은유라고 말하지 않겠다

　　가슴속 너울지며 남아 있는 이 한마디

　　오늘을 살아내는 건 부서지는 일이기에

－「파도에게」 전문

부서져야 살아내는 존재론적 역설, 이 역시 시인의 자아상이
아닌가.

몇 겹을 가라앉고
남은 것 아직 있어
갈대꽃 목이 휠 때
흰 비늘 털어내듯
앙가슴 풀어헤치며
떨며 떨며 우는가
－「태풍」 부분

몇 겹을 가라앉히는 인고의 절정에서 마침내 분출하고야 마
는, 전율 어린 울음, 전통적 자아상이다.

커다란 창살에 방점 하나 찍어보기

나목의 숨소리로 음표 하나 새겨보기

외딴 별 둥글어질 때 들꽃으로 피어나기

－「봄, 바라보기」전문

　시인의 서정적 자아는 다시금 격정을 수습한다. 숨소리로 응축된 음표 하나, 외로운 별빛 아래 들꽃 하나의 표상으로 돌아와 안착한다.

　천년을 가라앉고 남은 것 또 있어서
　화두처럼 빚어냈네 절제된 시절가조
　가슴속 온기로 피는 난꽃 위에 내렸네
　－「난향처럼 - 시조 이야기」전문

　시인의 자아상은 전통적 절제미節制美의 표상인 시조에 귀착되었다. '난향蘭香'이라 했으니, 유한적정幽閑寂靜의 전통미, 그 유향幽香이다.

　수가성 우물가 거기가 꿈이었네

　한낮의 뜨거움을 암흑처럼 건널 때
　맨발로 홀로 선 땅에 새날은 오고 있네

이런 물을 내게도 넘치게 주소서

물동이 버려두고 마중물 받쳐 들 때
마음속 깊은 곳에서 솟아나는 생명수
  －「목마름」전문

　수가 땅의 우물가에서 있었던 사적史跡을 모티브로 한 시조
다. 마셔도 거듭 목마른 우물물이 아니라 영원히 목마르지 않
을 생명수에 목말라하는 자아 표상이다.

　이는 「요한복음」(4:5~4:15)의 기사를 알고서야 알 수 있는
내용이다. 사마리아는 혼혈 유대인들이 사는 '천민들의 땅'이
었다. 예수께서 제자들과 함께 그 소외 지역을 찾았을 때 수가
땅 우물가에서 한 소외된 여인을 만났다. 예수께서는 이 서러
운 여인에게 놀라운 말씀을 선포한다. "이 물을 먹는 자마다 다
시 목마르려니와, 내가 주는 물을 먹는 자는 영원히 목마르지
아니하리니, 나의 주는 물은 그 속에서 영생하도록 솟아나는
샘물이 되리라."

　이미숙 시인의 영원한 자아상이다. 이미숙 시인의 자아상은
유연 장구한 유수流水와 지절志節의 대나무 표상으로 읽힌다.
인고忍苦의 유서由緖와 지절志節과 유향幽香으로 감수感受되는
전통미의 표상으로도 떠오른다. 그러기에 결곡한 시련의 정점

에서 예외적으로 분출하나, 그것은 필경 영원의 자아에로 귀착하는 기척들일 뿐이다.

3. 맺는말

이 글은 시간의 기능과 인간의 현존과 비현존을 이야기하면서 시작되었다. 시간의 작용은 삭힘과 익힘의 담론으로 뜻 매기려 했다. 이미숙 시인의 시력詩歷은 벌써 서른 해를 넘본다. 그의 시조 미학이 원숙경圓熟境에 들었다는 말이다. 평설자는 생명의 원숙과 소멸, 결별의 표징인 가을을 다시 맞이하는 시인의 자아상 앞에서 설레는 기대감으로 집필에 임했다.

이미숙 시조의 소재와 그 표상 및 의미는 자연, 인생과 생명, 사회와 역사, 자아 표상의 네 갈래 범주로 분류된다.

그의 자연 표상은 초목, 화훼, 유충, 조류, 길짐승 등 동식물과 자연현상을 포괄한다. 그의 서정적 자아는 회화미繪畵美의 보여주기showing 시학으로 독자의 심미안을 일깨우며, 우람 장대한 대자연의 조화 앞에서는 관조자의 표상으로 머물기도 한다. '자연 속의 사람'이기에 몰입했던 우리 전통미의 창조적 재현에 갈음되는 국면이다. 때로는 바람의 원형 상징 표상으로서 우주적 숨결과 교응交應하며 자작나무의 생태에서 소스라치게 '성벽' 표상을 읽게 한다. 상고대의 표상에서 문득 '2월의 눈먼 사랑'을 보게 하는 것은 가붓한 창조적 경이驚異이며, 한갓 미물인 자벌레에서까지 심미적 윤리를 깨치게 하는 시인의 사유思惟 또한 놀랍다. 이미숙 시인은 사람과 짐승은 각자 '홀로' 여야 하는가, '더불어'는 불가한가를 묻게 한다. 하찮아 보이는 작은 생명체 애벌레의 '꿈이 있는 분투'에서 인고忍苦의 의미를 읽게 한다. 자연을 '소유의 몫'이 아닌 '나눔의 몫'으로 보는 이미숙 시인의 심미적 윤리가 소중하다. 요컨대, 이미숙 시인의 자연 표상은 특유의 창조적 직관과 안온한 어조tone, 효과적인 기법 등으로 원숙미를 과시한다.

이미숙 시조의 인생과 생명 표상은 특히 심미적 윤리 쪽에서 큰 울림을 준다. 가령, 삶의 의미란 '산 하나씩을 껴안는 것'이 며 '새빨간 생채기'를 품어 안고 큰 산 가풀막을 넘는 것이라는 인생훈人生訓이 독자의 심금을 켕기게 한다. 요양원 정경을 비 탄이 아닌 자족과 초탈의 어조로 삭여 담는 시인의 마음이 적이 미쁘다. 하고한 생명을 키워내는 갯벌의 비밀스러운 생존 현장, 뻘밭의 널배와 어머니의 생애, 소의 질긴 분투에 오버랩 되는 아버지의 삶과 만만찮은 생존 조건, 인고와 순명順命의 우리 전통 미학이 가슴을 치게 한다.

시간의 흐름 속에서 물 흐르듯, 그럼에도 느낌표를 찍으며 살고 싶은 이미숙 시인의 서정적 자아는 유장悠長한 강과 대나 무 표상으로 시조 미학을 영글린다. 자연에 투영된 시인의 자아상이다. 바우어새 같은 인고의 공덕 쌓기, 부서짐으로 거듭나는 파도의 역설, 작은 방점과 음표와 들꽃 표상을 가늠하는 이미숙 시인의 자아 표상. 이는 날마다 새로운 길을 걷고 또 걷는 길에 풍기는 그윽한 난향蘭香의 시조로 떠오르며, 마침내 수가성 우물가의 '영원한 생명수'로 목마름을 채우는 구원久遠의 자아상을 소환한다.

현저한 자연 서정 시인인 이미숙 시인에게도 우리 사회와 역사의 통고痛苦 체험體驗은 비켜 가지 못한다. 일본군 위안부와 이산가족 문제에 직핍해 드는 그의 결곡한 시선이 그 증거다.

이미숙 시인은 오랜 시력詩歷을 통하여 원숙경에 든 탁월한 시조시인이다. 인고忍苦와 지절志節, 그윽한 난향蘭香으로 표상화된 그의 시조는 우리 전통 언어 미학의 정화精華다. 그의 시조에서 드러나는 자연 만상, 인생의 곡절, 역사의 유서由緖 등의 정적 또는 동적 표상들은 필경 영원의 자아상에로 귀착하는 고운 기적들이다.

두 번째 시조집 상재上梓를 축하하며, 신앙 시조집 출간을 고대한다.

다시, 가을

—

초판 1쇄 2023년 10월 31일
지은이 이미숙
펴낸이 김영재
펴낸곳 책만드는집

—

주소 서울 마포구 양화로3길 99, 4층 (04022)
전화 3142-1585·6
팩스 336-8908
전자우편 chaekjip@naver.com
출판등록 1994년 1월 13일 제10-927호
ⓒ 이미숙, 2023

—

—

ISBN 978-89-7944-854-2 (04810)
ISBN 978-89-7944-354-7 (세트)